पहला कदम

AF093302

तन्विश

Copyright © Tanvish
All Rights Reserved.

This book has been published with all efforts taken to make the material error-free after the consent of the author. However, the author and the publisher do not assume and hereby disclaim any liability to any party for any loss, damage, or disruption caused by errors or omissions, whether such errors or omissions result from negligence, accident, or any other cause.

While every effort has been made to avoid any mistake or omission, this publication is being sold on the condition and understanding that neither the author nor the publishers or printers would be liable in any manner to any person by reason of any mistake or omission in this publication or for any action taken or omitted to be taken or advice rendered or accepted on the basis of this work. For any defect in printing or binding the publishers will be liable only to replace the defective copy by another copy of this work then available.

भूमिका

यह कहानी उन लोगों को समर्पित है,
जो कठिन परिस्थितियों में भी
कभी हार नही मानते।

यह कहानी लिखने की प्रेरणा
मुझे उन लोगों से मिली,
जिन्होंने अपने खिलाफ हुए अन्याय के विरुध्र,
दुनिया से लड़कर आवाज़ उठायी है।
उन सभी को मेरा तहे दिल से सादर आभार!

क्रम-सूची

प्रस्तावना vii

लेखक का परिचय ix

1. परिवार 1
2. केस 6
3. संच या झूठ 11
4. फैसला 16
5. सच्चाई 21
6. सजा 28
7. इंटरव्यू 34

निवेदन 41

• v •

प्रस्तावना

"दुआ कुरेशी, NGO में काम करने वाली 22 साल की एक अनाथ लड़की; और अर्थक सिन्हा, एक नामी अधिवक्ता का बेटा.. दुआ का कहना था, कि अर्थक ने उसका बलात्कार किया। वही अर्थक का कहना था, कि उस रात वो अपने दोस्त के साथ था। तो अब कौन सच कह रहा था और कौन झूठ, सच क्या था? अपने सवालों का जवाब पाने के लिए "पहला कदम" के साथ अंत तक बने रहिये..

"पहला कदम" सत्य घटनाओं से प्रेरित कहानी है। यह कहानी हमें सच और झूठ के दो पहलू से रूबरू कराती है। और सोचने पर मजबूर करती है कि, 'क्या सही है और क्या गलत?'

साथ ही समाज की उस सोच को भी दरसाती है, जिसे हम हमेशा नज़रंदाज़ करते है।"

लेखक का परिचय

"क्या ही लिखूं खुद के बारे में,
क्या बोली फ़िरोऊँ अपने बारे में,
कुछ समझ ही नही आ रहा..."

मेरे लिए कहनी लिखना मतलब, अपनी सोच और कल्पना की एक अलग ही दुनिया बुनना है। मैं एक प्रोफेशनल राइटर नही हूं; पर अपनी सोच को शब्दों में लपेटकर उसे कहानी का रूप देना मुझे अच्छा लगता है।

और 'पहला कदम' मेरी पहली रचना है। हर लेखक की तरह ख्वाहिशें, उम्मीदें और सपनों से भरी हुई।

कुछ नया करने की छोटी सी कोशिश है मेरी; उम्मीद है आप सभी को पसंद आएगी.. और 'पहला कदम' को आप अपना ढेर सारा प्यार देंगे।

1

परिवार

"बेटा, बेटा सुन न!"

अपनी माँ की आवाज सुनकर अर्थक रुक गया। और गुस्से से बोला, "क्या हुआ माँ? अब क्या कहना है आपको? आपके पति ने उतना सुनाया, वो काफी नही था क्या, जो अब आप भी मुझे सुनाना चाहती है?"

"ऐसा क्यूँ बोल रहा है बेटा? तू तो जानता है न अपने पापा को, अभी नाराज़ है थोड़ी देर में शांत हो जाएंगे" धरा ने उसे प्यार से समझाया।

"पर ऐसा कब तक चलेगा मां? मैं परेशान हो गया हूं पापा के रोज-रोज के तानों से.. उन्हीं बातों को सुन सुनकर" अर्थक झल्लाते हुए बोला।

"मैं बात करूंगी उनसे, तू ज्यादा गुस्सा मत कर" धरा ने कहा। तो अर्थक हां में सिर हिलाकर अपने दोस्त से मिलने चला गया।

उसके जाने की बाद भी धरा दरवाजे के पास खड़ी, अपने बेटे की जाती हुई परझाई को काफी देर तक निहारती रही। फिर आंखों में मायूसी लिए वो अंदर आ गयी। अंदर आते ही धरा का पति, जो एक नामी अधिवक्ता थे, सत्येंद्र सिन्हा; गुस्से से अपनी फ़ाइल लेकर कमरे से बाहर आये। और धरा की बात सुने बिना ही अपने लॉ फर्म जाने के लिए निकल गए। और ये देखकर धरा और भी उदास हो गयी। फिर अपने मन को बहलाते हुए वो घर के कामों में लग गयी। शाम को धरा की छोटी बेटी मिशा, अपने स्कूल से वापस आ गयी। तो धरा उसके लिए स्नैक्स बनाने लगी।

धरा एक साधारण गृहिणी थी। उसने हायर सेकंडरी तक की पढ़ाई की थी। जाना तो वो कॉलेज भी चाहती थी, उसका आगे पढ़ने का बहुत मन था। पर 18 साल होते ही उसके घर वालों ने उसके लिए रिश्ते देखने शुरू कर दिए थे। और मात्र 19 साल की उम्र में ही उसकी शादी करा दी गयी। वही सत्येंद्र सिन्हा उससे उम्र में 10 साल बड़े; अपने मान-सम्मान पर आंच और दाग बिल्कुल भी बर्दास्त नही कर सकते थे। समाज में अच्छी खासी पहचान थी उनकी, जिसे बरकरार रखने के लिए वो कुछ भी कर सकते थे। सख्त स्वभाव के, अपने बनाये गए वसूलों के काफी पक्के थे। धरा को घर में अपनी बात कहने का उतना अधिकार नही था। कुछ भी होता, तो गलती उसकी ही बतायी जाती। और अगर वो अपनी बात कहने की कोशिश भी करती तो "तुम एक औरत हो" ये कहकर उसे चुप करा दिया जाता था। पति को ही अपना सब कुछ मानकर, अपनी सारी तकलीफों को नज़रअंदाज़ कर, वो भी अपनी एक साधारण सी जिंदगी जी रही थी। उसकी इस छोटी सी दुनिया में अर्धक उसका सबसे बड़ा बेटा था। अब वो 23 साल का हो गया था और engineering की पढ़ाई पूरी कर रहा था। अर्थक के बाद मिशा उससे 5 साल छोटी थी और अभी 12वी में थी। और यही थी धरा की छोटी सी दुनिया...,, जिनके साथ वो जीती और जिनमें उसकी जान बसती थी।

सिन्हा साहब ने अपनी जिंदगी में हर वो काम किया था, जो एक वकील करता है। ना ही वो बहुत शरीफ थे, और ना ही बहुत बुरे। बच्चों से प्यार करते थे, तो सख़्त भी थे; जरूरत के हिसाब से उन पर नरमी और कठोरता दोनों ही दिखाते थे। और उनके इन्ही स्वभाव की वजह से जैसे-जैसे अर्थक बड़ा हुआ, उसे उनकी ये बातें और आदतें तंग करने लगी। उसे ऐसा लगने लगा, जैसे उसके पापा उसके पैरों में पाबंदियों की बेड़ियां बांध रहे हो। जिस वजह से समय के साथ उनके बीच बहस से झगड़े होने शुरू हो गए। और यही उनके बीच की दूरियां बन गयी। और उनके बीच खामोशी ने जन्म ले लिया। और उनके इस झगड़े को देखकर धरा हमेशा परेशान रहती थी। दोनों के बीच सुलह कराने की सोचती; पर बाप-बेटे के झगड़े में हमेशा बेचारी वो पिसती रहती थी।

मिशा भी हाथ-मुँह धोकर किचन में आ गयी। और अपनी मम्मी को परेशान देखकर उसे समझने में एक पल की भी देरी नही लगी, कि वो किस बात से परेशान होगी। इसलिए उसे ज्यादा टेंशन ना लेने को बोलकर, वो उसे अपने स्कूल में हुए आज के किस्से सुनाने लगी। और अपनी बेटी की यह समझदारी देखकर, धरा को बहुत अच्छा लगा। वो मन ही मन सोचने लगी, "मेरी बेटी अब बड़ी हो गयी है।"

वही दूसरी तरफ अर्थक अपने दोस्त मृदुल के साथ था। और अपने पापा का गुस्सा उस पर निकाल रहा था।

"समझते क्या है वो खुद को? जो मर्ज़ी आये वो बोलेंगे.. law की पढ़ाई की है, तो क्या मुझे ही हमेशा गुनहगार की तरह कटखरे में खड़ा करते रहेंगे"

"यार बस भी कर न, अपने पापा की तारीफों में और कितना कहेगा" मृदुल उसे समझाने लगा। और बहुत समझाने के बाद अर्थक का गुस्सा थोड़ा शांत हुआ।

•••

8 बजे अर्थक घर वापस लौटा। धरा ने अपने दोनों बच्चों को खाना खिलाया। फिर अर्थक को समझाने लगी कि, उसे अपने पापा से इस तरह से बात नही करनी चाहिए थी।

अर्थक 23 साल का नवजवान खून था, इसलिए गुस्से में वो भी अपने पापा को 2-4 शब्द कह जाता था, जिससे बात सुलझने की जगह और बिगड़ जाती थी।

रात में सिन्हा साहब अपने स्टडी रूम में किसी केस के बारे में स्टडी कर रहे थे। तभी उनके दरवाजे पर किसी ने नॉक किया। उन्होंने अंदर आने को कहा, तो अर्थक अंदर आया; और अपने सुबह के बर्ताव के लिए उनसे माफी मांगी। तो सिन्हा साहब भी उसे अपने पास बिठाकर समझाने लगे। और ऐसा ही था उनका रिश्ता, थोड़ा खट्टा, तो थोड़ा मीठा।

•••

(5 तारीख, रात के साढ़े 8 बजे)

"मां आज मुझे आने में लेट हो जाएगा" अर्थक ने अपना वाच पहनते हुए कहा।

"तुझे पता है न, तेरे पापा को तेरा रात में बाहर जाना पसंद नही है, फिर क्यों करता है ऐसा?" धरा उसे डांटने लगी।

तो अर्थक ने मुस्कुराते हुए कहा, "इसीलिए तो उनके सोने के बाद जा रहा हूं, ताकि उनको पता ही ना चलें"

धरा उसे आंख दिखाने लगी। तो उसने मासूम सा चेहरा बनाकर कहा, "मां बस आज सम्भाल लेना, उस मृदुल के बच्चे ने प्लान बनाया है। अगर नही गया तो, वो अपना मेलो ड्रामा शुरू कर देगा.. और आप तो जानती ही है, कि वो कितना बड़ा ड्रामेबाज है।"

"ठीक है, लेकिन सिर्फ आज समझा" धरा ने कहा। तो अर्थक ने "you're the best मां" कहकर उसे गले लगा लिया। थोड़ी देर बाद मृदुल अपनी बाइक में उसे पिक करने आया और दोनों निकल गए।

रात के 12 बज गए थे और अर्थक अभी तक घर नही लौटा था। धरा लिविंग रूम में बैठी, बार-बार दीवार में टंगी घड़ी की ओर देख रही थी।

"कब आएगा ये लड़का?" उसकी आंखों में परेशानी साफ नजर आ रही थी।

15 मिनट बाद उसे हॉर्न की आवाज सुनाई दी, तो उसने जल्दी से जाकर दरवाजा खोला। और अर्थक को गेट के पास देखकर उसकी ओर बढ़ी। लेकिन उसकी खबर लेती, उससे पहले ही अर्थक अपने कान पकड़कर "सॉरी" कहने लगा। और जैसे ही उसने मृदुल की ओर देखा, तो वो "bye आंटी" बोलकर वहां से निकल गया। और धरा अर्थक का कान पकड़े उसे घर के अंदर ले गयी।

•••

(3 दिन बाद : 9 तारीख, सुबह का वक़्त)

आज सिन्हा साहब के घर में माहौल काफी बढ़िया था। सिन्हा साहब अपने दोनों बच्चे के साथ लिविंग रूम में बैठे थे। वो अखबार पढ़ रहे थे और उनके दोनों बच्चें tv के रिमोट के लिए लड़ रहे थे। और इस नज़ारे को देखकर धरा का दिल बहुत खुश और मन पूरी तरह से शांत था। अपने मन में वो बस यही दुआ मांग रही थी कि "उसके परिवार को किसी की

नज़र ना लगें।"

लेकिन उसने अपने परिवार के लिए दुआ मांगी ही थी, कि थोड़ी देर बाद दरवाजे की घन्टी बजी। किचन से आते हुए उसने गर्मागर्म पकोड़े और चाय टेबल पर रखकर दरवाजा खोला। लेकिन सामने पुलिस को देखकर चौंक गयी।

"क्या अर्थक सिन्हा का घर यही है?" इंस्पेक्टर ने पूछा।

"जी हां, कहिये वो..."

धरा की बात काटते हुए इंस्पेक्टर ने फिर से पूछा, *"अभी वो घर पर है?"* और धरा के हां कहते ही वो सब घर के अंदर घुस गए।

"क्या हुआ इंस्पेक्टर, आप यहां सुबह-सुबह? इस तरह मेरे घर में घुसने की वजह जान सकता हूं मैं?" सिन्हा साहब ने सख्त होकर अपना रॉब दिखाते हुए पूछा। और इंस्पेक्टर ने जो कहा, वो सुनकर अर्थक के साथ उसके परिवार के पैरों तले जमीन ही खिसक गयी।

"हम यहां अर्थक सिन्हा को गिरफ्तार करने आये है।"

~*~

2
केस

"हम यहां अर्थक सिन्हा को गिरफ्तार करने आये है?"

इंस्पेक्टर के इतना कहते ही सिन्हा साहब ने ऊंची आवाज में पूछा, "आपको पता भी है, कि आप क्या कह रहे है? आखिर किस गुनाह पर आप मेरे बेटे को अरेस्ट करने आये है?"

"हमें अच्छी तरह से पता है। और हमारे पास अरेस्ट वारेंट भी है।" इंस्पेक्टर ने उन्हें अरेस्ट वारेंट दिखाते हुए कहा, "इन पर FIR दर्ज है, कि इन्होंने दुआ नाम की लड़की का बलात्कार किया है।" ये सुनते ही धरा, सिन्हा साहब, अर्थक और मिशा, चारों के होश उठ गए। और सभी हैरानी से इंस्पेक्टर को देखने लगे।

"ये क्या कह रहे है आप? मैंने किसी का बलात्कार नही किया..." अर्थक ने अपनी सफाई में कहने की कोशिश की। लेकिन उसकी पूरी बात सुने बिना ही इंस्पेक्टर ने कॉन्स्टेबल को उसे हथकड़ी पहनाने का इशारा किया।

"इंस्पेक्टर साहब, आपको कोई गलतफहमी हुई है.. मेरा बेटा ऐसा कुछ भी नही कर सकता है।" धरा ने रोते हुए कहा।

"हां इंस्पेक्टर, मेरे बेटे को फंसाने की ये जरूर किसी की साजिश है.." सिन्हा साहब ने भी कहना चाहा, पर इंस्पेक्टर ने किसी की बात नही सुनी।

"आपको जो भी कहना है, पुलिस स्टेशन आकर कहियेगा" और इतना कहकर वो अर्थक को अपने साथ ले गए।

...

कुछ ही घण्टों में न्यूज़ चैनल में हैडलाइन के साथ, पुलिस स्टेशन के बाहर मीडिया की भीड़ लग गयी थी। सिन्हा साहब धरा के साथ पुलिस स्टेशन में थे। और इंस्पेक्टर से बात करने पर पता चला, कि 7 तारीख की सुबह 6 बजे करीबन, मेट्रो के पास एक लड़की बुरी हालत में मिली थी। जिसे आज सुबह ही होश आया और उसने ही FIR दर्ज करवायी है।

"पर आपके पास क्या सबूत है, कि मेरे बेटे ने ही उस लड़की का रेप किया है?" सिन्हा साहब ने अपने गुस्से को काबू करते हुए पूछा।

"देखिए उस लड़की ने FIR दर्ज करवाई है। और उसने अपने बयान में ये साफ-साफ कहा है, कि वो लड़का अर्थक ही था।" इंस्पेक्टर ने शांति से जवाब दिया।

लेकिन सिन्हा साहब बिगड़ गए, "और आपने सिर्फ उसके कहने पर मेरे बेटे को गिरफ्तार कर लिया.."

"वो एक सोशल वर्कर है। जब से वो हॉस्पिटल में एडमिट थी, उसके NGO के लोगों ने हमारा जीना मुश्किल कर दिया था। बड़ी मुश्किल से हमने उन लोगों को संभाला है, ये कहकर कि हम जल्द ही दुआ के गुनहगार को सलाखों के पीछे पहुँचाएंगे.. और आज दुआ के बयान पर, अगर हम एक्शन नही लेते, तो मामला बहुत बिगड़ जाता।" इंस्पेक्टर ने अपनी समस्या बतायी।

"मामला तो अब बहुत बिगड़ गया है इंस्पेक्टर, मुझे नही पता कि वो लड़की सच कह रही है या झूठ.. पर मैं अपने बेटे को ज्यादा देर तक यहां रहने नही दूँगा।" सिन्हा साहब ने गुस्से से अपना रौब दिखाते हुए कहा। और एक तरह से इंस्पेक्टर को चुनौती ही दे डाली।

"मां मैंने ऐसा कुछ भी नही किया है। आपको मुझ पर यकीन है न?" अर्थक ने अपनी मां से पूछा।

धरा ने सलाखों के पीछे अर्थक का हाथ थामकर कहा, "मुझे तुझ पर पूरा यकीन है बेटा, तू बिल्कुल भी चिंता मत कर, देखना तेरे पापा तुझे जल्द ही यहां से छुड़वा लेंगे"

और जैसा सिन्हा साहब ने कहा, वैसा ही हुआ। थोड़ी ही देर में उनका असिस्टेंट अर्थक के जमानत के कागजात ले आया। और इंस्पेक्टर के पास कोई ठोस सबूत ना होने के कारण अर्थक को छोड़ना ही पड़ा।

•••

(8 दिन बाद)

"सत्येंद्र सिन्हा के बेटे अर्थक सिन्हा को दुआ कुरेशी, NGO में काम करने वाली एक 22 साल की लड़की के बलात्कार के जुर्म में पुलिस हिरासत में लिया गया था। लेकिन कोई सबूत ना मिलने के कारण उन्हें छोड़ दिया गया। लेकिन अब ये खबर आ रही है, कि दुआ कुरेशी ने अर्थक सिन्हा पर हाई कोर्ट में केस कर दिया है। कल से ही हाई कोर्ट में मुकदमा शुरू हो जाएगा। अर्थक का केस उनके पिता सत्येंद्र सिन्हा लड़ने वाले है। और वही दुआ का केस सम्भीता वर्मा लड़ने वाली है।" सारे न्यूज़ चैंनल में सिर्फ यही एक हैडलाइन चल रही थी।

जिसे सुनकर सम्भीता ने अपना tv बंद कर दिया। ये उसकी लाइफ का पहला इतना बड़ा केस था, जो वो लड़ने जा रही थी। और वो भी नामी अधिवक्ता सत्येंद्र सिन्हा के खिलाफ; जो आज तक एक भी केस नही हारा था। इसलिए वो थोड़ी घबराई हुई थी। लेकिन जैसे ही उसे दुआ का दर्द से रोता हुआ चेहरा याद आया, वो अपने कामों में फिर से लग गयी। कल के लिए उसने तैयारी तो कर ली थी, लेकिन फिर भी उसे थोड़ी टेंशन थी।

(अगले दिन)

दुआ कुरेशी अपने NGO के लोगों के साथ कोर्ट में थी। वो एक अनाथ थी, परिवार के नाम पर उसका सिर्फ NGO ही था। और वही दूसरी साइड अर्थक अपने परिवार के साथ बैठा था। जज साहब के आते ही सारे खड़े हो गए। जज साहब ने सबको बैठने का इशारा किया, फिर कारवाई शुरू हो गयी। अर्थक, दुआ और केस से जुड़े गवाहों को बारी-बारी से कटघरे में बुलाकर सवाल किया गया।

"तो मिस दुआ आप हमें बताएंगी कि, उस रात आखिर क्या हुआ था आपके साथ?" सिन्हा साहब ने कटघरे में खड़ी दुआ से सवाल किया।

दुआ ने एक नज़र सम्भीता को देखा, फिर कहने लगी, "उस रात मैं NGO के काम से ही बाहर गयी थी। वापस आते हुए पता ही नही चला, कि कब रात हो गयी.. रात के करीबन 9 बज रहे होंगे, उस वक़्त ऑटो, रिक्शा भी नही मिल रहा था। तो मैं पैदल ही चलने लगी। लेकिन थोड़ी देर बाद मुझे एहसास हुआ, कि एक काले रंग की कार मेरा पीछा कर रही थी। मैं काफी डर गई, इसलिए मैं और तेजी से चलने लगी।"

"मतलब आपको अंदाजा लग गया था कि आप खतरे में है। तो उस वक़्त आपके दिमाग में किसी को कॉल करने का ख्याल नही आया?" सिन्हा साहब बीच में ही बोल पड़े।

तो दुआ ने जवाब दिया, "जी, मैंने अपने बैग से मोबाइल निकाला ही था.. कि अचानक से किसी ने मेरा हाथ पकड़ लिया.. मैंने पीछे मुड़कर देखा तो 2 लड़के थे। एक ने अचानक से मुझे अपनी ओर खिंचा, मैंने खुद को छुड़ाने की कोशिश की और इस चक्कर में मेरा मोबाइल वही गिर गया। और जब मदद के लिए आवाज लगाई, तो दूसरे ने पीछे से मेरे मुंह पर रुमाल रख दिया और मैं बेहोश हो गयी।"

"क्या उन दोनों लड़को को आप पहले से जानती थी?" सिन्हा साहब ने पूछा, तो दुआ ने "ना" में गर्दन हिला दी।

"क्या उन दोनों लड़को को आप पहचान सकती है?" सिन्हा साहब ने अपना दूसरा सवाल किया।

"मैं बहुत घबराई हुई थी। और उन दोनों ने मास्क भी पहन रखा था, इसलिए मुझे अच्छे से याद नही!" दुआ ने जवाब दिया।

"तो फिर आप इतने यकीन से कैसे कह सकती है, कि आपका रेप अर्थक ने किया है?" सिन्हा साहब के इस सवाल से दुआ खामोश हो गयी।

"क्यूँ क्या हुआ? जवाब नही पता या आपकी वकील साहिबा आपको इस सवाल का जवाब बताना भूल गयी?" सिन्हा साहब ने उसे घूरते हुए कहा, और एक नज़र सम्भीता पर डाली।

"ऑब्जेक्शन माय लार्ड ये मेरे..." सम्भीता ने कहना चाहा।

पर जज साहब ने उसकी बात काट दी, "ऑब्जेक्शन ओवर रूल्ड" तो वो वापस अपनी जगह पर बैठ गयी।

"थैंक यू माय लार्ड! तो मिस दुआ आपके पास जवाब है या नही?" सिन्हा साहब ने दुआ से सवाल किया।

तो उसने धीरे से कहा, "क्योंकि अर्थक ने मुझे खुद अपना नाम बताया था।"

"वाह! अपनी वकील साहिबा के साथ मिलकर क्या कहानी बनाई है आपने.. मतलब रेपिस्ट रेप करने के बाद खुद आपको अपना नाम बताता है; ये सोचकर कि, बाद में आप उस पर केस दर्ज कर दें!" सिन्हा साहब ने व्यंग भरे अंदाज़ में कहा, तो अदालत में मौजूद सभी लोग हँस पड़े। लेकिन जज साहब के "ऑडर, ऑडर!" कहते ही सब खामोश हो गए।

"मैं कोई कहानी नही सुना रही हूं, सच कह रही हूं।" इस बार दुआ ने गुस्से से कहा। उसका चेहरा लाल हो गया था और आंखें गुस्से से अर्थक को घूर रही थी। फिर एक लंबी सांस भरते हुए वो आगे बोली, "मुझे जब होश आया तो मैं एक होटल रूम में थी। मैं तुरंत उठकर दरवाजा खोलने लगी, पर दरवाजा बाहर से लॉक था। मैंने बहुत कोशिश की, पर दरवाजा नही खुला.. मेरा सिर दर्द से फटा जा रहा था, मुझे नही पता, मैं कब तक उस कमरे में कैद रही। फिर भी मैंने हार नही मानी; वहां से बाहर निकलने का रास्ता मैं ढूंढ ही रही थी, कि कोई कमरे के अंदर आया..."

"कौन था वो?" सिन्हा साहब के सवाल करते ही दुआ के लब्ज से जो नाम निकला, उसे सुनकर वहां बैठे सभी लोग हैरान हो गए।

~*~

3

सच या झूठ

"अर्थक सिन्हा" दुआ ने जैसे ही नाम लिया, उसकी आंखों में वो रात फिर से झलकने लगा और उस दर्दनाक लम्हें को वो फिर से जीने लगी...

(5 तारीख की रात~

दरवाजा खोलकर अर्थक कमरे के अंदर आया। और उसे देखकर दुआ पूरी तरह से घबरा गयी। अर्थक नशे में था, इसलिए वो ढंग से खड़ा भी नही हो पा रहा था। धीरे-धीरे वो दुआ की ओर बढ़ने लगा। फिर अचानक से उसने दुआ का बाल पकड़ लिया.. तो दुआ चीखने और खुद को छुड़ाने की कोशिश करने लगी।

"ये चुप!" अर्थक जोर से चिल्लाया। और दुआ की आंखों से आंसू झर-झर बहने लगे।

वो गिड़गिड़ाते हुए बोली, "मुझे छोड़ दो प्लीज, मुझे जाने दो" पर अर्थक कहा कुछ सुनने की हालत में था। उसने एक जोरदार चाटा उसके गाल पर जड़ दिया और दुआ धड़ाम से नीचे गिर गयी।

"मैं अर्थक सिन्हा हूं, समझी! ये नाम अच्छे से याद रख लें, क्योंकि आज के बाद तू ये नाम कभी नही भूल पाएगी" अर्थक ने उसके मुँह को दबाते हुए कहा। फिर उसे उठाकर बिस्तर में पटक दिया। और अपने शर्ट बटन खोलते हुए उसकी ओर बढ़ने लगा।

दुआ का दिल डर की वजह से जोरों से धड़क रहा था। उस पल अर्थक उसे किसी राक्षक से कम नही लगा। और उस रात अपनी दरिंदगी

का शिकार अर्थक ने दुआ को बनाया। वो चीखती रही, चिल्लाती रही, विन्नते मांगती रही; खुद को बचाने की बहुत कोशिश की उसने, पर अर्थक उस पर जानवर की तरह टूट पड़ा था।)

दुआ की आपबीती सुनते ही कोर्ट में सन्नाटा छा गया। जिसे तोड़ते हुए अर्थक गुस्से से चिल्लाया, "ये लड़की झूठ बोल रही है, मैंने ऐसा कुछ नही किया है!"

"साइलेंस प्लीज!" जज साहब के कहते ही सभी की ख़ुसूर-फुसुर बंद हो गयी।

सिन्हा साहब ने अपने बेटे को शांत रहने का इशारा किया। और दुआ से पूछा, "फिर उसके बाद क्या हुआ?"

"मुझे कुछ याद नही, मैं बेहोश हो गयी थी। जब होश आया तो हॉस्पिटल में थी।" दुआ अपने आंसू पोछते हुए बोली।

फिर पुलिस को भी कटघरे में बुलाकर सवाल किया गया। उनके मुताबित, उनका कहना था कि "हमें दुआ की मिसिंग रिपोर्ट 6 तारीख को मिल गयी थी, उसके NGO के कोवर्कर्स ने लिखवाई थी। कुछ घंटे पूछताछ और इंतेज़ार करने के बाद, जैसे ही 24 घंटे पूरे हुए, हमने तुरंत एक्शन लेकर इन्हे ढूंढना शुरू कर दिया। और अगली सुबह 7 तारीख को ही हमें करीबन 6 बजे, मेट्रो स्टेशन से वहां के एक वर्कर ने कॉल किया। वहां पहुँचने पर हमें दुआ बुरी हालत में मिली थी। उसके बाद हम तुरंत इन्हे हॉस्पिटल ले आये..."

और वही अर्थक का कहना था कि, "5 तारीख को मैं अपने दोस्त के साथ क्लब गया था। वहां मैं 9-12 बजे तक था। उसके बाद मैं अपने घर आ गया। और 6 तारीख को मैं मृदुल के घर पढ़ने गया था और रात उसी के घर रुका था।"

अर्थक के दोस्त मृदुल को भी कटघरे में बुलाया गया और उसने भी बताया कि, "अर्थक उसके ही साथ क्लब में था। दोनों साथ ही गए और उसने खुद अर्थक को उसके घर ड्राप किया था। और 6 तारीख को भी दोनों लगभग पूरे वक़्त साथ ही थे।" और इसी के साथ पहले दिन की कारवाई खत्म होने का समय भी हो गया।

जज साहब के साथ वहां मौजूद सभी का दिमाग घूम गया था। कौन सच कह रहा है, और कौन झूठ.. किसी की भी समझ में कुछ नही आ रहा था। जज साहब ने पुलिस को सबूत इकट्ठा करने और अर्थक को पुलिस की निगरानी में रखने का आर्डर देते हुए, 3 दिन बाद की डेट दी; और आज की करवाई खत्म की।

सत्येंद्र और धरा को अपने बेटे पर पूरा यकीन था, कि उनका बेटा ऐसा कुछ भी नही कर सकता। लेकिन दुआ की वजह से सिन्हा साहब के बरसों कमाये हुए नाम पर आज दाग लग गया था। इसलिए वो किसी भी हाल में दुआ को इतनी आसानी से छोड़ने वाले नही थे।

और वही सम्भीता भी बहुत परेशान थी, उसे दुआ की बातों पर यकीन तो था; क्योंकि कोई भी लड़की बिना वजह, खुद के बलात्कार का आरोप किसी पर भी नही लगा सकती थी। लेकिन उसकी भी समझ में कुछ नही आ रहा था। क्योंकि उसके पास दुआ के बयान के अलावा और कोई सबूत भी नही था।

•••

3 दिन बाद कार्यवाई फिर से शुरू हुई। इस बार सिन्हा साहब पूरी तैयारी के साथ आये थे। उन्होंने उस क्लब की cctv फुटेज पेश की, जहां अर्थक और मृदुल 5 तारीख को गए थे। उस फुटेज में साफ दिख रहा था, कि अर्थक और मृदुल 9-12 तक क्लब में ही थे। साथ में उस क्लब के कुछ वर्कर्स ने भी बयान दिया कि, "उन्होंने अर्थक और मृदुल को उस रात देखा था। दोनों ही वहां के रेगुलर कस्टमर थे, इसलिए ज्यादातर वर्कर्स उन्हें पहचानते थे।"

और साथ ही मृदुल के पेरेंट्स ने भी गवाही दी कि "दोनों लड़के 6 तारीख को, शाम से लेकर अगली सुबह तक घर से बाहर नही निकले थे।"

और इसी के साथ अब एक सवाल उमड़ गया था, कि दुआ के बयान के अनुसार उसका किडनैप 5 तारीख को करीबन 9 बजे के आस-पास हुआ था। और अगर उस वक़्त अर्थक और मृदुल क्लब में थे, तो फिर दुआ का किडनैप किसने किया? और दोनों लड़कों के पास कार भी नही थी। और फिर किडनैप होने के बाद, पूरे 1 दिन दुआ कहाँ थी?

और वही पुलिस के पास अर्थक के खिलाफ अभी तक ऐसा एक भी सबूत नही लगा था, जो दुआ की बातों को सच साबित करता। ना ही दुआ को उस कार और उन दोनों आदमी के बारे में कुछ पता था; जिसने उसे किडनैप किया। और ना ही उसे होटल का नाम याद था, जहां उसे रखा गया था। होश आने पर दुआ के कहे अनुसार जब पुलिस ने जांच शुरू की, तो जिस लोकेशन पर उसने अपने किडनैप होने की बात कही थी, वहां उन्हें उसका फ़ोन तो मिल गया। पर वहां कोई cctv कैमरा नही था। पुलिस ने उस एरिया के आस-पास के सारे होटल के cctv कैमरा भी चेक किये, पर उस इलाके में दुआ की मौजूदगी का कोई नामों निशान ही नही मिला उन्हें।

और अब तो दुआ पर ये भी सवाल उठने लगे थे, कि उसका सच में किडनैप और रेप हुआ भी है या नही? या फिर वो झूठ बोल रही थी? और अब सिर्फ एक ही चीज़ दुआ की सच्चाई साबित कर सकती थी, जो था उसका 'DNA रिपोर्ट'

दुआ का DNA रिपोर्ट 1 हफ्ते बाद आने वाला था। सम्भीता ने अदालत से अर्थक के DNA सैंपल लेकर, दुआ के DNA से मैच कराने की परमिशन मांगी। जिसकी मंजूरी अदालत ने उसे दे दी। और वही सिन्हा साहब ने अर्थक को पुलिस कस्टडी से रिहा करने की। तो 1 हफ्ते बाद की डेट देते हुए, जज साहब ने अर्थक को घर जाने की इजाजत भी दे दी।

सम्भीता अब दुआ की सच्चाई साबित करने के लिए सबूत ढूंढने में जुट गयी थी। और वही सिन्हा साहब दुआ की जिंदगी और तकलीफों से भरने में लग गए थे।

दुआ को NGO के काम से ज्यादातर अपने घर से बाहर ही रहना पड़ता था। इस वजह से उसे घर वापस आने में देर भी हो जाती थी। उसके पास खुद का घर नही था, वो किराए के मकान में रहती थी। मकान मालिक को उसका इस तरह से घर लेट से आना, बिल्कुल भी पसंद नही था। और इसी का फायदा उठाते हुए, सिन्हा साहब ने अपनी पावर का इस्तेमाल किया। और अखबार में दुआ के बारे में झूठी खबर दे दी।

और अखबार वालों को तो हमेशा से सिर्फ ताजा न्यूज़ की ही तलाश होती है। सिन्हा साहब ने बस चिंगारी लगाकर न्यूज़ में दी और न्यूज़

वालों ने उसमें अपना मिर्च मसाला डालकर, दुआ के चरित्र पर सवाल करना शुरू कर दिया.. और ये बात पूरी दुनिया में आग की तरह फैलने लगी। जिसकी वजह से दुआ का घर से बाहर निकलना मुश्किल हो गया। हर कोई उसे शक भरी नज़रों से देखने लगा था। और आय दिन उसके बारे में खबर पढ़कर, उसके मकान मालिक ने भी उसे घर से निकाल दिया। रहने के लिए कुछ नही था, तो सम्भीता ने उसे अपने घर में रहने की जगह दी।

इसी तरह 6 दिन बीत गए। और सम्भीता को निराशा के अलावा और कुछ भी हाथ नही लगी। अब सिर्फ दुआ के DNA रिपोर्ट्स ही उसके पास सबूत के तौर पर थे। उसकी एक आखिरी उम्मीद, जो दुआ को इंसाफ दिला सकती थी।

•••

रात के 11 बज रहे थे, सम्भीता केस के बारे में स्टडी कर रही थी, और दुआ अपने कमरे में सोने की कोशिश। कल जज साहब अपना आखिरी फैसला सुनाने वाले थे, जिसके बारे में सोच सोचकर ही उसे नींद नही आ रही थी। तभी दरवाजे की घंटी बजी। सम्भीता ने दरवाजा खोला और सामने खड़े इंसान को देखकर वो हैरान रह गयी।

~*~

4

फैसला

सामने सत्येंद्र सिन्हा खड़े थे। उन्हें देखकर सम्भीता चौंक गयी। उनसे आने की वजह पूछी। तो सिन्हा साहब ने इतना ही कहा कि, "दुआ से बात करनी है।" तो सम्भीता ने दुआ को आवाज लगायी और दोनों को लिविंग रूम में छोड़कर अपने कमरे की ओर चली गयी।

"कहिये, क्या बात करनी है आपको मुझसे?" दुआ ने चेहरे पर बिना कोई भाव के सवाल किया।

"मुझसे बदला लेने के लिए तुम इतनी हद तक गिर जाओगी, मुझे तो यकीन ही नही होता!" सिन्हा साहब ने भी तीखे स्वर में जवाब दिया।

"किस बारे में बात कर रहे है आप? मुझे कुछ समझ नही आ रहा है।" दुआ की आवाज में घबराहट थी, जिसे वो छिपाने की कोशिश कर रही थी।

तो सिन्हा साहब ने हँसकर जवाब दिया, "तुम अच्छी तरह से जानती हो, कि मैं किस बारे में बात कर रहा हूं। 2 साल पहले जो हुआ, सब भूल गयी क्या.." और इतना सुनते ही दुआ के हाव-भाव पूरी तरह से बदल गए। और 2 साल पहले जो हुआ था, उसके बारे में वो सोचने लगी।

(2 साल पहले~

दुआ जिस NGO में काम करती थी, वहां की एक टीम शहर के मशहूर हॉस्पिटल "जीवनदान" पर रिसर्च कर रही थी। क्योंकि उन्हें खबर मिली थी, कि वहां के डॉक्टर्स दवाई के नाम पर expired दवाइयों को ही repack

कर मरीजों को खिला रहे थे। और साथ ही मरीजों की बीमारियों को बड़ा बताकर, उनसे बड़ी कीमत पर पैसें लुट रहे थे। और इसी तरह से और भी गैरकानूनी काम वहां हो रहे थे। इसी का फर्दाफ़ाश करने के लिए टीम को बनाया गया था। टीम को लीड NGO के सीनियर ऑफिसर 'बासित खान' कर रहे थे, और दुआ भी उस टीम में शामिल थी।

NGO को हॉस्पिटल में होने वाले घोटाले की भनक तब लगी थी, जब उनकी टीम एक बस्ती में जांच करने गयी थी। वहां के लोगों की हालत दिन-ब-दिन खराब हो रही थी। और बात-चीत करने पर पता चला था कि, वो सारे जीवनदान हॉस्पिटल में ही इलाज के लिए जाते थे। कुछ लोगों ने इस बात की शिकायत पुलिस स्टेशन में भी की थी। लेकिन नामी हॉस्पिटल था, पैसा देते ही बिना investigation के ही केस को बंद कर दिया गया।

लेकिन NGO भी चुप बैठने वालों में से नही थी। एक टीम बनाकर, वो जीवनदान हॉस्पिटल की जन्म कुंडली निकालने में जुट गयी। और सबूत इकट्ठे होते ही NGO ने हॉस्पिटल पर केस करने का फैसला कर लिया। लेकिन दुआ की टीम से ही एक आदमी ने इस बात की खबर हॉस्पिटल के डॉक्टरों को दे दी। NGO के पास सबूत बहुत तगड़े थे, अगर हॉस्पिटल पर केस होता, तो उनका बच पाना बहुत मुश्किल था। और इससे बचने के लिए वहां के डॉक्टरों ने सत्येंद्र सिन्हा को hire किया। लेकिन डॉक्टरों ने सत्येंद्र को सिर्फ आधी सच्चाई ही बताई थी, कि वो सिर्फ दवाइयों में हेरा-फेरी करते थे। और डॉक्टर्स ने उससे ये भी कहा था, कि इसके बाद वो कोई भी गलत काम नही करेंगे.. और बिना कोई जांच पड़ताल किये, सत्येंद्र भी उनकी झूठी बातों में आ गया। फिर उसने वो सारे गलत काम किये, जिससे NGO को हॉस्पिटल पर केस करने का फैसला ना लेना पड़ता; पर तब भी काम बना नही।

तो बात को संभालते हुए उसने डॉक्टरों को NGO से समझौता करने की सलाह दी; कि हॉस्पिटल की वजह से जिन लोगों को भी नुकसान हुआ था, हॉस्पिटल उन लोगों और उनके पूरे परिवार की भरपाई करेगी। और ये प्रस्ताव लेकर सत्येंद्र बासित के पास गया और कहा कि, वो हॉस्पिटल पर केस ना करें। पर बासित पीछे हटने वाला नही था। उसने प्रस्ताव

साफ ठुकरा दिया। क्योंकि हॉस्पिटल में इलाज करवाने से ही बहुत लोगों की जान गयी थी। इसलिए उसने ठान लिया था, कि वो उन डॉक्टरों की सच्चाई सबके सामने लाकर ही रहेगा। पर एक दिन अचानक से उसने खुद सत्येंद्र के प्रस्ताव को स्वीकार कर लिया। दुआ और टीम के बाकी लोग बासित के इस फ़ैसले के साफ खिलाफ थे। मगर वो चाहकर भी कुछ नही कर पाएं, क्योंकि बासित उनका सीनियर और टीम को लीड कर रहा था। फिर बासित के फैसले के अनुसार हॉस्पिटल पर केस नही हुआ। और NGO की प्रॉब्लम solve होने के बाद, अपनी बात से मुकरकर डॉक्टरों ने अपने गलत काम फिर से शुरू कर दिए। लेकिन कुछ महीनें बाद जब सत्येंद्र को हॉस्पिटल की पूरी सच्चाई पता चली। तो उसने खुद हॉस्पिटल पर केस कर दिया। केस में सत्येंद्र की जीत हुई और हॉस्पिटल को बंद कर दिया गया। और हॉस्पिटल के बंद होने के साथ, उन सभी डॉक्टरों का नाम भी सामने आया था।

लेकिन सत्येंद्र का नाम कहीं भी सामने नही आया, कि उसने ही पहले जीवनदान हॉस्पिटल की मददकर, उनके अपराधों को छिपाया था। और सत्येंद्र का सहारा पाकर ही उन डॉक्टरों ने अपने बुरे कामों को और बढ़ा दिया था। जिसकी वजह से और भी बहुत लोगों को अपनी जान गवानी पड़ी थी। और कही-न-कही सत्येंद्र भी उन लोगों की मौत का जिम्मेदार था। पर उसने खुद को बचा लिया। और 'जीवनदान' केस में जीत के बाद से ही सभी जगह उसके चर्चे होने शुरू हुए थे और उसने इतनी प्रसिद्धि हासिल की।)

"मुझे यकीन ही नही होता, कि मुझसे बदला लेने के लिए तुम इतनी हद तक गिर जाओगी, कि अपना किडनैप खुद करवाकर, मेरे बेटे पर झूठे बलात्कार का इल्जाम लगाओगी.." सिन्हा साहब ने घृणा भरी निगाहों से दुआ को निहारते हुए कहा। पर दुआ ने कुछ नही कहा, अपना सिर झुकाए वो चुप-चाप खड़ी थी।

"मुझे पता है, कि उस वक़्त मैंने गलत किया था। लेकिन मैंने अपनी गलती को बाद में सुधारा भी था।"

"क्या आपको अफसोस है? आपकी उस गलती की वजह से कितनों की जान गई थी!" दुआ ने धीरे से पूछा। तो इस बार सिन्हा साहब खामोश

हो गए। इससे साफ जाहिर था, कि उन्होंने अपनी गलती तो सुधार ली थी। पर अफसोस इस बात का था, कि उन्हें अपने किये का अभी तक अफसोस नही हुआ था।

"अगर उन डॉक्टरों का साथ देने की जगह, आपने पहले ही उनका पर्दाफाश किया होता, तो उन मासूमों को अपनी जान ना गवानी पड़ती" दुआ ने दांतो को पिसते हुए कहा। उसकी आँखों में वो पल घूम रहे थे, जब रिसर्च के दौरान वो उन परिवारों से मिलने जाती थी। बूढें, जवानों से लेकर छोटे-छोटे मासूम बच्चों की तस्वीरों पर माला चढ़ी होती थी। और उनके परिवार वालों को तो असली वजह भी पता नही होती थी, कि उनके अपने आखिर किस वजह से मरे थे।

सत्येंद्र ने कुछ नही कहा, और वहां से चुप-चाप चला गया। उसके जाने के बाद सम्भीता बाहर आयी और जिस तरह से उसने दुआ को देखा, साफ जाहिर था कि उसने सारी बातें सुन ली थी।

"मानती हूं कि जो उन्होंने किया वो गलत था, पर तुमने जो किया वो भी सही नही है दुआ!" सम्भीता ने बेहद गंभीर होकर पूछा, "तुम्हें पता है, हमारे देश में हर एक मिनट में कितने रेप होते है? और उनमें से कितनों की सुनी जाती है और कितनों को इंसाफ मिलता है?" पर दुआ के पास कहने के लिए कुछ नही था, वो सिर झुकाए खामोश खड़ी रही।

तो सम्भीता ने आगे कहा, "सिर्फ 5 परसेंट को और वो क्यों, पता है? तुम्हारी जैसी लड़कियों की वजह से! जो अपने फायदें के लिए रेप को मज़ाक बना कर रख देती है। तुम्हारी जैसी लड़कियों की वजह से उन लड़कियों पर यक़ीन नही किया जाता, जो सच में इस तरह के दर्दनाक हादसें से गुजरती है। उस दर्द से, जिसका तुमने खुद के बदले के लिए इस्तेमाल किया।"

"सच कहूं तो तुम में और सत्येंद्र सिन्हा में कोई फर्क नही है।" सम्भीता के कहे ये आखिरी शब्दों ने सीधे दुआ के दिल पर वार किया। सम्भीता गुस्से से अपने कमरे में चली गयी। लेकिन दुआ अपना सिर झुकाए खामोश ही खड़ी रही।

•••

(अगले दिन)

दुआ और अर्थक दोनों का DNA रिपोर्ट कोर्ट में पेश किया गया। जिसमें ये लिखा था कि "दुआ के ब्लड में किसी और के ब्लड शामिल थे। और DNA से ये साफ जाहिर था, कि दुआ के साथ शारीरिक संबंध बनाए गए थे। मगर वो उसकी मर्जी से थे या मर्ज़ी के खिलाफ, ये बताता मुश्किल था। क्योंकि जब उसका सैंपल टेस्ट के लिए लाया गया, तो 24 घंटे के ऊपर हो गए थे। और दुआ के शरीर से कुछ ऐसे केमिकल्स भी मिले थे, जिसकी वजह से ये बता पाना मुश्किल था, कि दुआ का रेप हुआ है या नही?"

और वहीं अर्थक के रिपोर्ट में लिखा था कि "अर्थक के ब्लड में नशीली चीजें मिली थी। इसलिए उसका सैंपल दुआ के सैंपल से ना ही पूरी तरह से मैच हुआ है और ना ही पूरी तरह से dismatch हुआ है।"

DNA से भी कुछ खास पता नही चला। मगर सबूतों को मद्दे नज़र रखते हुए ये साफ जाहिर था, कि अर्थक निर्दोष था और उस पर लगाये गए दुआ के आरोप झूठे थे। जज साहब ने सम्भीता से दुआ के पक्छ में कहने को कहा.. पर उसके पास भी अब कहने के लिए कुछ नही था। उसने फैसला जज साहब पर छोड़ दिया। जज साहब ने दुआ को भी अपनी बात रखने का मौका दिया, पर वो भी खामोश रही।

और सभी पक्छों की बात सुनकर और सबूतों को मद्दे नज़र रखते हुए; जज साहब अपना फैसला सुनाने लगे, "अर्थक सिन्हा पर लगाये गए सारे आरोप बेबुनियाद और झूठे है। अदालत उन्हें सभी आरोपों से..."

"एक मिनट जज साहब" पर सिन्हा साहब अचानक से बीच में ही बोल पड़े, "मैं कुछ कहना चाहता हूं।"

~~*

5

सच्चाई

"मैं कुछ कहना चाहता हूं।" सिन्हा साहब अपनी जगह से खड़े हो गए। जज साहब ने उन्हें इजाजत दी और सभी की नजरें उन पर टिक गयी।

सबसे पहले सिन्हा साहब ने अपने बेटे की ओर देखा, फिर अपनी बेटी मिशा की ओर.. और फिर अपनी पत्नी धरा को एक नज़र देखकर उन्होंने एक गहरी सांस भरकर कहा, "जज साहब मैं अदालत और यहां मौजूद सभी लोगों को ये बताना चाहता हूं, कि दुआ का मेरे बेटे अर्थक पर लगाया गया आरोप सही है।" और ये सुनते ही अदालत में खलबली मच गयी। सभी आपस में घुसुर-फुसुर करने लगे।

सम्भीता भी हैरानी से सिन्हा साहब को देखने लगी, फिर दुआ को, जो अपनी मुट्ठी बांधे खामोश बैठी थी। अर्थक अपने पिता को बस देखता ही रह गया और जैसे ही उसने अपनी माँ की ओर नज़रें की, धरा ने उससे अपनी नज़रें घुमा ली।

"आर्डर ऑर्डर, साइलेंस प्लीज!" जज साहब ने सिन्हा साहब से पूछा, "आपको पता भी है, कि आप क्या कह रहे है?"

"जी योर हॉनर, मैं बिल्कुल सही कह रहा हूं। अर्थक ने ही दुआ का बलात्कार किया है।" कहते हुए सिन्हा साहब के चेहरे पर कोई भाव नही थे।

"माँ! पापा ये क्या बोल रहे है?" मिशा ने अपनी मां से पूछा।

"वो सही कह रहे है।" धरा ने भारी आवाज में जवाब दिया।

"क्या?" मिशा को अपनी मां की बातों पर यकीन ही नही हुआ। उसने अपने भाई की ओर देखा, तो अर्थक सिर झुकाएं नीचे देख रहा था।

"दुआ का रेप 5 को नही, बल्कि 6 तारीख को हुआ था।" सिन्हा साहब के इतना कहते ही, दुआ जो कब से खामोश बैठी थी, चौंकते हुए उसने अपनी नज़रें ऊपर उठायी।

"जो भी कहना है साफ साफ कहिये!" जज साहब के कहने पर सिन्हा साहब ने मृदुल को कटघरे में बुलाया और उससे सवाल करना शुरू किया।

"मृदुल क्या अर्थक ने दुआ का रेप किया है?" मृदुल ने एक नज़र अर्थक को देखा। फिर धीरे से "हां" में जवाब दिया। तो सिन्हा साहब ने पूछा, "क्यों?"

"बदला लेने के लिए!" मृदुल ने एक गहरी सांस छोड़ते हुए कहा।

"क्या?" सम्भीता के चेहरे से हैरानी जाने का नाम ही नही ले रही थी। उसने दुआ की ओर देखा, तो उसके भी होश उठे हुए थे।

दुआ के जहन में हजारों सवाल उमड़ आये। और सबसे बड़ा सवाल ये था, कि वो तो अर्थक को जानती भी नही थी; तो उसने ऐसा क्या कर दिया था, कि अर्थक ने उससे बदला लेने के लिए उसके साथ ऐसा घिनौना अपराध किया? और एक बार फिर से अदालत में खलबली मच गयी। फिर सभी के सवालों का जवाब देते हुए मृदुल ने बताना शुरू किया कि..,,

(अर्थक को समायना नाम की एक लड़की से प्यार था। पिछले 2 साल से दोनों रिलेशनशिप में थे। अर्थक समायना को लेकर बहुत सीरियस था। वो अपनी पढ़ाई पूरी करके, अपने परिवार से उसके बारे में बात भी करने वाला था। लेकिन तभी समायना का सच अर्थक के सामने आ गया, कि वो उसे चीट कर रही थी। समायना उससे बिल्कुल भी प्यार नही करती थी; बल्कि उसके लिए अर्थक बस एक टाइम पास था।

सच जानने के बाद अर्थक पूरी तरह से टूट गया था। छोटी-छोटी बातों पर गुस्सा करता और वो चिड़चिड़ा भी हो गया। अपनी परेशानी वो परिवार में किसी को बता नही पा रहा था। और फिर क्या, उसकी बहस सिन्हा साहब से होनी शुरू हो गयी। उसकी समझ में कुछ नही आ रहा था। समायना को भूलने की उसने बहुत कोशिश की थी, पर वो उसे भुला भी नही पा रहा था। मृदुल से भी अपने दोस्त की ये हालत देखी नही जा

रही थी। उसने अर्थक को समझाने की बहुत कोशिश की, पर अर्थक तो जैसे पागल ही हो गया था। और एक दिन तो हद ही हो गयी..

"अर्थक कैसी हालत बना ली है तूने, और कितना पियेगा?" मृदुल ने अर्थक के हाथ से दारू की बोतल छीनते हुए कहा।

"यार पीने दे मुझे, मैंने समायना से कितना प्यार किया, पर उसने मुझे बदले में क्या दिया? धोखा!" अर्थक कहते हुए भावुक हो गया।

"वो तेरे लायक थी ही नही अर्थक, भूल जा उसे" मृदुल ने उसे समझाने की कोशिश की।

पर अर्थक चिल्लाते हुए बोला, "नही, नही भूल सकता हूं। उसने जो मेरे साथ किया, जो दर्द दिया है उसने मुझे, उसे उसकी कीमत चुकानी पड़ेगी"

"अच्छा तो क्या करेगा तू? क्या बदला लेगा तू उससे?" मृदुल भी अपने गुस्से को कंट्रोल करने की कोशिश कर रहा था।

और अर्थक जो अपने होश में नही था, वो पागलों की तरह चिल्लाने लगा, "हां, बदला दूँगा मैं उससे!"

"अच्छा! तो कैसे बदला लेगा उससे? उसे किडनैप करके, उसका रेप करके या उसकी जान लेकर?" अर्थक के पागलपन को देखकर मृदुल भी अपना आपा खो बैठा। लेकिन अनजाने में कही उसकी बातें अर्थक के ज़हन में छप गयी।

वो गुस्से से बोला, "हां, यही करूँगा उसके साथ"

"क्या?" मृदुल हैरानी से उसे देखने लगा।

"हां, मैं उसका किडनैप करूँगा, फिर उसका रेप करूँगा, लेकिन उसे मारूंगा नही.. बल्कि उसे इतना मजबूर कर दूंगा, कि उसे मुझसे शादी करनी पड़ेगी। और फिर मैं उसे जीते जी नर्क से रूबरू कराउंगा.. शादी के नाम पर हर दिन उसे इतना दर्द दूँगा, कि उसे अपने जिंदा रहने पर भी अफसोस होगा।" कहते हुए अर्थक की आंखें एकदम लाल हो गयी थी। और मृदुल उसे अवाक देखता ही रह गया।

मृदुल के मना करने पर भी अर्थक नही माना, और ना चाहते हुए भी मृदुल को उसका साथ देना पड़ा। प्लान के हिसाब से मृदुल ने समायना को किडनैप करने की सुपारी कालिया भाई को दी थी। पर उन्हें नही पता

था, कि समायना की जगह कालिया ने दूसरी लड़की को उठवा लिया था।

5 तारीख को कालिया के आदमी दुआ को किडनैप करके, मृदुल के बताए हुए एड्रेस पर छोड़ गए थे। दुआ को ड्रग्स दिया गया था, इसलिए वो पूरे 24 घंटे बेहोश रही।

और 6 तारीख को पढ़ाई के बहाने दोनों दोस्त साथ रहे, फिर रात में अर्थक सबकी नजरों से बचकर मृदुल के घर से निकल गया। और नशे की हालत में दुआ के पास पहुँचा। उसने इतनी पी रखी थी, कि वो पहचान भी ना सका, कि समायना की जगह दुआ थी। और अपने बदले की आग में उसने दुआ को ही जला दिया। दुआ खुद को बचाने की नाकाम कोशिश करती रही, मगर अर्थक के बदले की आग हैवानियत का रूप लें चुकी थी; जिससे वो खुद को बचा ना सकी और वो बेहोश हो गयी।

जब अर्थक का नशा उतरा और उसे होश आया.. और दुआ पर नज़र पड़ी, तब उसे अपनी गलती का एहसास हुआ। उसने सारी बात मृदुल को बतायी, तो मृदुल ने कालिया से कांटेक्ट करने की कोशिश की। पर कालिया का फ़ोन switched ऑफ था। दोनों बहुत परेशान हो गए। सब करने के बाद, उन्हें अपनी गलती और डर का एहसास हो रहा था। और कुछ ना सूझने पर दोनों ने दुआ को बेहोशी की हालत में ही, 6 तारीख को आधी रात में मेट्रो स्टेशन पर छोड़ दिया। और सुबह होने से पहले ही मृदुल के घर वापस आ गए।)

सारी हकीकत सुनकर अदालत में मौजूद सभी लोग सन्न रह गए थे। सच जानकर दुआ को तो अपने कानों पर यकीन ही नही हो रहा था। वो बिना कोई गुनाह किये ही, किसी का शिकार बन गयी थी।

"तो आप दोनों ने कहा रखा था दुआ को?"

सिन्हा साहब के सवाल करने पर मृदुल ने बताया कि, उन्होंने दुआ को मृदुल के ही एक पेंटहाउस में रखा था। ड्रग्स की वजह से होश आने के बाद भी दुआ को ज्यादा कुछ याद नही था। रात का ही वक़्त था और उसने वही कपड़े भी पहन रखे थे, तो उसे लगा कि वो सिर्फ कुछ घंटों से ही बेहोश थी। और पेंटहाउस में दुआ को जिस कमरे में रखा गया था, वहां की arrangement भी होटल रूम की तरह थी। इसलिए दुआ को लगा, कि वो किसी होटल रूम में थी।

दुआ के बयान और पुलिस की investigation के अनुसार 5 तारीख की रात, 9 बजे करीबन दुआ का किडनैप हुआ था। और फिर उसका बलात्कार कर, उसे मेट्रो स्टेशन में छोड़ दिया गया। पर सच्चाई तो ये थी कि, वो किडनैप 5 को ही हुई थी, लेकिन उसका बलात्कार 6 को हुआ और उसे मेट्रो स्टेशन में छोड़ दिया गया। और इन्ही सब confusion की वजह से ही, पुलिस को भी कोई सुबूत नही मिल रहा था।

सिन्हा साहब ने अदालत के सामने उस पेंटहाउस के वॉचमैन को भी हाजिर किया। और उसने भी गवाही दी कि, 5 तारीख की रात काले रंग की एक कार पेंटहाउस आयी थी और 15 मिनट बाद वहां से चली भी गयी।

और अब गवाह को मद्देनजर रखते हुए ये तो साफ था, कि अर्थक ने ही दुआ का रेप किया था। पर सबूत की कमी थी। इसलिए अदालत ने पुलिस को 3 दिन का वक़्त देकर, पेंटहाउस से सबूत इकठ्ठे करने और उन लोगों को पकड़ने का आदेश दिया, जिन्होंने दुआ का किडनैप किया था। अर्थक को पुलिस हिरासत में ले गयी। दुआ अपनी जगह पर मूर्ति की तरह ही बैठी थी, कि किसी ने उसके कंधे पर हाथ रखा। उसने सिर ऊपर उठाया, तो सामने सम्भीता खड़ी थी।

सम्भीता उसके बगल में बैठ गयी और धीरे से बोली, "दुआ मुझे मांफ करना, मैंने तुम पर यक़ीन नही किया.."

"आप मांफी मत मांगिये, आपने जितना मेरा साथ दिया है, उतना किसी ने नही दिया है।" दुआ ने सहज होकर कहा। उसे सम्भीता से कोई शिकायत नही थी। लेकिन सम्भीता को बहुत शर्मिंदगी महसूस हो रही थी। उसे बहुत बुरा लग रहा था कि, जब दुआ को उसके साथ की सबसे ज्यादा जरूरत थी, उसी वक़्त वो पीछे हट गई।

"पर तुमने मुझे सारी सच्चाई कल क्यों नही बताई?"

सम्भीता के पूछने पर दुआ ने एक गहरी सांस छोड़कर कहा, "कहती भी क्या आपसे, खुद की सच्चाई साबित करने के लिए मेरे पास कोई सबूत नही थे।"

"मैंने तुमसे कल जो भी कहा उसके लिए मैं बहुत शर्मिंदा हूं, हो सके तो मुझे मांग करना।" सम्भीता ने अपने हाथ जोड़ लिए, तो दुआ ने

अपना सिर "नही" में हिलाकर उसका हाथ नीचे कर दिया।

"लेकिन अब मैं तुम्हारे साथ हूं।" सम्भीता ने उसका हाथ पकड़कर कहा, "अर्थक को उसके किये की सजा अब मिलकर रहेगी। लेकिन बस एक बात समझ नही आ रही है, कि सत्येंद्र सिन्हा ने खुद सच्चाई सबके सामने लायी.. जबकि गुनहगार उनका बेटा खुद था। बिना अपने फायदे के वो कुछ भी नही करते; और यहां तो उनके बेटे के साथ, उनकी बरसों की कमाई हुई इज्जत भी सामने थी। तो फिर उन्होंने ऐसा क्यूँ किया? ये समझ नही आ रहा है!" और उसके इस सवाल से दुआ भी परेशान हो गयी।

•••

पूरे 3 दिन से न्यूज़ चैनल और अख़बार में सिर्फ दुआ कुरेशी की ही खबर फैली हुई थी। हर कोई ये जानना चाहता था, कि आखिर उस रात हुआ क्या था? किसने दुआ का किडनैप किया? और वही समायना कहा थी, जिससे अर्थक बदला लेना चाहता था। और जो सबसे बड़ा सवाल था, वो ये कि सत्येंद्र सिन्हा ने खुद अपने बेटे के गुनाह का फर्दाफ़ाश किया। लोग जानना चाहते थे, कि उन्होंने ऐसा क्यों किया? मगर सिन्हा साहब ने कुछ ना कहते हुए अपनी चुप्पी बरकरार रखी थी। और इसके साथ ही पुलिस ने भी अपना काम शुरू कर दिया था।

(3 दिन बाद)

अदालत में पुलिस ने कालिया भाई को पेश किया, जिसने दुआ का किडनैप किया था। उसने अपना जुर्म कुबूल करते हुए सभी को बताया कि..,,

(5 तारीख को उसे समायना नाम की लड़की को अगवा करना था। और उसी दिन ही दुआ कुरेशी को भी अगवा करने की सुपारी दी गयी थी। दोनों लड़कियों की तस्वीरें कालिया के आदमियों के पास थी, जो गलती से बदल गयी थी। और इसी गड़बड़ की वजह से, दुआ को मृदुल के बताए हुए एड्रेस पर गुंडो ने छोड़ दिया। और जिस जगह दुआ को पहुँचाना था, वहां समायना को पहुँचाने के लिए गाड़ी चली गयी थी। मगर बीच रास्ते में ही समायना कालिया के आदमियों को चखमा लेकर, उनके चंगुल से भाग निकली।

और जिसने दुआ की सुपारी दी थी, उसने कालिया को फ़ोन करके धमकी दी, कि अगर 2 दिन के अंदर दुआ नही मिली, तो वो उसे जान से मरवा देगा। कालिया ने अपने आदमियों के साथ समायना को दुआ समझकर, उसे बहुत ढूंढा; लेकिन दुआ तो हॉस्पिटल में थी, तो कहा से मिलती.. और वही समायना अपना बोरिया बिस्तर समेटकर अपने *ex-boyfriend* के पास गोआ चली गयी। और जिसने दुआ की सुपारी दी थी, वो बार-बार कालिया को फ़ोन करके धमकी दे रहा था। इसलिए कालिया *underground* हो गया, और इस वजह से मृदुल कालिया से कांटेक्ट नही कर सका।)

"दुआ को अगवा करने की सुपारी किसने दी थी तुम्हें?" सम्भीता ने कटघरे में खड़े कालिया से सवाल किया और उसने जिसका नाम लिया, वो सुनकर सबको एक और झटका लगा।

~*~

6
सजा

कालिया ने जैसे ही नाम बताया, पुलिस अदालत में मुन्ना भाई को ले आयी; जो एक ऐसी हस्ती थी, जिसने सभी तरह के गुनाह किये हुए थे। उसे 'छोटा डॉन' के नाम से भी जाना जाता था। मुन्ना भाई को देखकर दुआ के भाव पूरी तरह से बदल गए और उसकी आंखें गुस्से से लाल हो गयी।

कालिया ने पूछताछ के दौरान ही मुन्ना भाई का नाम बता दिया था। इसलिए पुलिस ने मुन्ना भाई के खिलाफ सारे सबूत इकट्ठे कर, उसे धर दबोचा था। मुन्ना भाई से पूछने पर, कि उसने दुआ को किडनैप करने की सुपारी कालिया को क्यों दी थी? पहले तो वो अपने गुनाहों से साफ मुकर गया। लेकिन जब पुलिस ने अपना तरीका और उसके खिलाफ सबूत पेश किये, तो उसे सच बताना ही पड़ा।

(6 महीने पहले मुन्ना ने कॉलेज के सामने ही एक शराब ही दुकान खोल दी थी, जिसकी वजह से शराबी लोगों का वहां उठना-बैठना शुरू हो गया था। कॉलेज के प्रिंसिपल ने इस बात की शिकायत पुलिस स्टेशन में भी की थी। मगर चंद पैसों और मुन्ना के डर से पुलिस भी पीछे हट गई। और इसी के साथ ही कॉलेज की लड़कियों को छेड़ने का सिलसिला और लड़कियों से जुड़ी अपराधों की संख्या भी कॉलेज में बढ़ गयी थी। और जब पुलिस कुछ न कर सकी, तो कॉलेज की लड़कियों ने NGO से मदद मांगी। और वो दुआ ही थी, जिसने उस शराब की दुकान को बंद

करवाया था। और साथ ही सबके सामने मुन्ना को थप्पड़ भी मारा था। और इसी का बदला लेने के लिए मुन्ना ने दुआ को किडनैप करवाने की सुपारी कालिया को दी थी।)

"तो तुम दुआ के साथ करने क्या वाले थे? उसे किडनैप कराने का तुम्हारा मकसद क्या था?" सम्भीता के पूछने पर मुन्ना जोर-जोर से हँसने लगा।

फिर अपनी गंदी नज़र दुआ पर रोककर बोला, "और क्या करता, इसे अपनी रखैल बनाकर रखता.. और जब मन भर जाता, तो अपने आदमियों को देकर इसे किसी कोठे में बेच देता।" उसकी इतनी खटिया सोच सुनकर वहां मौजूद सभी लोग दंग रह गए। और अपनी मुट्ठी बांधे दुआ ने अपनी आंखें कसकर बंद कर ली।

"तुम्हें होश भी है, कि तुम क्या कह रहे हो!" सम्भीता गुस्से से बोली।

तो मुन्ना होंठो पर शैतानी मुस्कान लिए कहने लगा, "जब से इसे देखा था, तब से होश गवां बैठा था। और जब इसने मुझे सबके सामने थप्पड़ मारा तब जाकर होश आया.. फिर क्या था, ठान लिया मैंने कि इससे मेरे नुकसान और थप्पड़ दोनों का बदला लेकर ही रहूंगा। लेकिन इस उल्लू के पट्ठे कालिया ने मेरा सारा प्लान चौपट कर दिया। लेकिन फिर कुछ दिनों बाद खबर आयी, कि जो काम मैं इसके साथ करने वाला था, वो पहले ही किसी ने इसके साथ कर दिया और ये हॉस्पिटल में पड़ी है।" जिस तरह से वो बोल रहा था, उसकी बातें सुनकर सब और हैरान हो रहे थे और घृणा भरी निगाहों से उसे देख रहे थे।

"पर मेरा गुस्सा तब भी शांत नही हुआ था। मैं तो इसे हर रोज तड़पता हुआ देखना चाहता था। बहुत बोलती थी और दूसरों के हक के लिए लड़ती थी न, मैं भी देखना चाहता था, कि अपने लिए आखिर कब तक लड़ती.. पर फिर इसने अर्थक सिन्हा पर केस कर दिया और इन सब मामलों में, मैं फंसना नही चाहता था। इसलिए थोड़े समय के लिए मैं शांत हो गया।" कहते हुए भी उसके चेहरे पर कोई पछतावा या डर नही था।

मुन्ना के गुनाह क़ुबूल करते ही अब सब कुछ साफ हो गया था, कि किसने क्या और किस मकसद से किया था। अदालत ने अर्थक से भी उसके गुनाह क़ुबूल करने को कहा। उसके पास भी अब बचने का कोई

रास्ता नही था, सारा सच सबके सामने था। अपने माँ-बाप और बहन से नज़रें मिलाने के लायक भी नही था वो। और कही न कही उसे इस बात का पछतावा भी था, कि उसने दुआ के साथ गलत किया था। इसलिए उसने अपने सारे गुनाह क़ुबूल कर लिए।

तो अर्थक को गुनहगार और मृदुल को उसका साथ देने के जुर्म में, अर्थक को 13 साल और मृदुल को 3 साल की सजा सुनाई गयी। साथ ही अर्थक को दस हजार का जुर्माना भरने को भी कहा गया। और वही कालिया और मुन्ना के काले धंधों को बंद करने का काम पुलिस को सौंपते हुए, उन दोनों को भी जुर्माना के साथ 15 और 25 साल की सजा सुनाई गयी।

जैसे ही जज साहब ने अपना फैसला सुनाया, दुआ की आंखों में आंसू आ गए। पर साथ ही उसके दिमाग में एक सवाल भी उमड़ आया, कि अंजाने में अगर वो उस दिन अर्थक के पास नही पहुँचती और उसके बदले का शिकार नही होती.., तो क्या उसे हमेशा के लिए मुन्ने के बदले की आग में झुलसला पड़ता? इसे वो अपनी ख़ुशनसीबी समझकर खुश हो या फिर अपनी बदनसीबी समझे; कि एक बार के रेप से वो बार-बार के रेप से बच गयी?

वो अपनी ही सोच में डूबी थी, कि सम्भीता ने उसे गले लगा लिया। फिर उससे अलग होकर पूछने लगी, "क्या हुआ दुआ, क्या सोच रही हो?"

"सोच रही हूं कि, मेरे साथ अच्छा हुआ या बुरा? अर्थक की एक गलती की वजह से मैं मुन्ना के बिछाए हुए जाल से बच गयी, इसे मैं क्या समझूँ?" दुआ के सवाल में उलझन थी।

"दुआ रेप एक बार हो या बार-बार, रेप ही होता है। अर्थक ने जो किया वो गलत था, और मुन्ना ने जो करने का सोचा था, वो भी गलत था। इसलिए उन दोनों को सज़ा मिली है। किसी को कोई हक नही है, कि वो अपने बदले या निजी मामले के लिए किसी की जिंदगी से इस तरह से खिलवाड़ करें, समझी!" इतना कहकर सम्भीता ने फिर से उसे गले गला लिया। और दुआ की आंखों से आंसू बहने लगे।

सभी गुनहगारों को पुलिस हथकड़ी पहनाए बाहर ले जा रही थी। जाते हुए अर्थक अपनी मां के पास रुका।

"ये मत समझना कि मुझे तुझसे कोई शिकायत है। जरूर मेरी ही परवरिश में कोई कमी रही होगी, जो तूने इतना बड़ा अपराध किया है!" धरा ने नम आंखों से कहा। और उस वक़्त अर्थक को ऐसा लगा, कि काश! वो मर ही जाता। उसने अपने पिता की ओर देखा, तो सिन्हा साहब ने अपना मुंह ही फेर लिया।

"मुझे तो आपको अपना भाई कहने में भी शर्म आ रही है! यही चाहूंगी कि आपके जैसा भाई किसी को ना मिले।" मिशा के शब्द ने सीधे अर्थक के सीने में वार किया। और वो अपना सिर झुकाए वहां से चला गया।

सम्भीता से अलग होकर दुआ ने जब सामने देखा, तो उसे अर्थक की फैमिली नज़र आयी। मृदुल के पेरेंट्स सिन्हा साहब को खरी खोटी सुना रहे थे। वही धरा दुआ की तरफ ही देख रही थी, आंखें नम थी उसकी.. कुछ कह तो नही पायी वो; पर दुआ समझ गयी, कि अपने बेटे के किये गुनाह पर वो बहुत शर्मिंदा थी। धरा उसके पास आयी और अपने हाथ जोड़ लिए। दुआ को कुछ समझ नही आया कि वो क्या करें; पर उसने धरा का हाथ नीचे कर दिया। तो उसके सिर पर अपना हाथ फेरकर, धरा अपने परिवार के साथ वहां से चली गयी।

•••

(7 दिन बाद)

"अच्छा दुआ तुम्हें पता है, कि बासित ने अचानक से सत्येंद्र सिन्हा के आफर को क्यों मान लिया था?" सम्भीता के सवाल से दुआ ने tv से अपनी नज़रें हटाकर उसकी ओर देखा।

केस खत्म होने के बाद आज पहली बार सत्येंद्र सिन्हा मीडिया को interview देने वाले थे। और दोनों उसी का इंतेज़ार करती हुई, सम्भीता के लिविंग रूम में बैठी थी।

दुआ : क्युँ क्या हुआ? आप अचानक से क्यों पूछ रही है, उस बारे में?

सम्भीता : जब मुझे जीवनदान हॉस्पिटल केस के बारे में पता चला, तो मैंने उस केस पर स्टडी की; तो पता चला कि, बासित एक ईमानदार ऑफिसर थे। फिर अचानक से उन्होंने सिन्हा सर के प्रस्ताव को स्वीकार कर लिया और फिर कुछ ही महीनों बाद रिजाइन भी दे दिया.. तुम्हें ये अजीब नही लगा?

सम्भीता के मन की जिज्ञासा को भांपते हुए, दुआ ने कहना शुरू किया, "हाँ, अजीब तो था। लेकिन हमें बाद में पता चला कि बासित सर की मां को एक बहुत बड़ी बीमारी थी, जिसके इलाज के लिए उन्हें पैसों की बहुत जरूरत थी। पर उनके पास नही थे। और उस वक़्त NGO के लोगों ने भी उनकी कुछ खास मदद नही की.. और तब जीवनदान हॉस्पिटल के डॉक्टरों ने उनकी मां की ट्रीटमेंट की सारी जिम्मेदारी लेने का आफर सर को दिया था। और सर भी क्या करते, अपनी मां से प्यार जो करते थे, इसलिए वो मान गए। लेकिन ट्रीटमेंट के कुछ महीने बाद ही उनकी मां चल बसी। और अपनी मां को खोने के बाद, बासित सर को अपनी गलती का एहसास हुआ। और उन लोगों का दर्द भी महसूस हुआ, जिन्होंने अपने परिवार के लोगों को खोया था।"

"और इसलिए उसने रिजाइन कर दिया?" सम्भीता के पूछने पर दुआ ने "हां" में सिर हिलाया।

"सत्येंद्र सिन्हा तो हॉस्पिटल के साथ थे न, फिर उन्होंने बाद में हॉस्पिटल पर केस क्यूँ किया?" सम्भीता के मन में अभी भी सवाल थे।

तो दुआ ने जवाब दिया, "क्योंकि उन्हें हॉस्पिटल की पूरी सच्चाई मालूम नही थी। पर जब पता चली, तो उन्होंने केस किया।"

"तो उन्हें पता कैसे चला? क्योंकि मुझे तो नही लगता, कि वहां के डॉक्टरों ने उन्हें बताया होगा।" सम्भीता सोच ही रही थी।

कि दुआ के मुंह से निकल गया, "मैनें बताया था उन्हें!"

"क्या? तुमने!" सम्भीता ने उसे हैरानी से देखा।

"हां!" अब सारी सच्चाई सम्भीता को पता थी, तो एक छिपाने से क्या होगा, सोचकर दुआ ने आगे कहा, "बासित सर के कहने पर ही मैंने हॉस्पिटल पर रिसर्च की हुई सारी जानकारी सत्येंद्र सिन्हा तक पहुँचाई। और केस के दौरान मैं ही उन्हें हॉस्पिटल के खिलाफ clues दिया करती थी।"

"wow! मतलब तुम्हारी मदद से ही सत्येंद्र सिन्हा ने वो केस जीता, पर कही भी तुम्हारा नाम सामने नही आया। सारा काम तुम्हारी टीम ने किया, लेकिन सारा क्रेडिट वो सत्येंद्र सिन्हा लें गए।" सारा सच जानकर सम्भीता चौंक गयी थी। ऐसा कुछ ट्विस्ट होगा, उसके कभी सोचा नही

था।

"नाम में क्या रखा है। वो हॉस्पिटल बंद हो गया बस यही हमारे लिये ख़ुशी की बात थी।" दुआ ने सहज होकर कहा। उसकी आंखों में हॉस्पिटल बंद होने की खुशी अभी भी थी।

"दुआ तुम सच में बहुत अच्छी हो।" सम्भीता ने उसका हाथ पकड़कर कहा, "तुम्हारा दिल और दूसरों की मदद करने की तुम्हारी सोच.. सच में बिल्कुल तुम्हारी तरह ही है, साफ और नेक। और तुम्हें समझने में मैंने सच में गलती कर दी थी!"

"अब आप बार-बार उस बात को याद करके, खुद को तकलीफ मत दीजिए" दुआ ने अपना दूसरा हाथ उसके हाथ पर रख दिया, तो सम्भीता मुस्कुरा उठी। और इसी के साथ tv में सत्येंद्र सिन्हा का interview भी शुरू हो गया।

~*~

7
इंटरव्यू

इंटरव्यू में सिन्हा साहब के परिचय के बाद Interviewer उनसे सवाल करने लगे।

"अगर आपको सच सबके सामने लाना ही था और दुआ को इंसाफ दिलाना ही था, फिर आपने शुरुआत में सच को सबसे छिपाते हुए अर्थक को क्यों बचाया?"

"मुझे पहले सच पता नही था। और जब पता चला, तो मैंने सच का साथ दिया।" सिन्हा साहब ने जवाब दिया।

"तो आपको सच का पता कब चला, कि आपका बेटा ही गुनहगार है?" Interviewer के इस सवाल से सिन्हा साहब को वो दिन याद आ गया, जब उन्हें पहली बार अर्थक पर शक हुआ था।

(DNA रिपोर्ट आने के 2 दिन पहले अर्थक बहुत परेशान था और मृदुल के साथ अपने कमरे में था।

मृदुल : तू इतना परेशान क्यों हो रहा है?

अर्थक : परेशान कैसे ना हूं! 2 दिन बाद DNA रिपोर्ट आने वाला है।

मृदुल : तो क्या! तू जानता है कि हमने कालिया को जो ड्रग उस लड़की को देने के लिए कहा था, वो कोई मामूली ड्रग नही था। उस ड्रग की वजह से DNA रिपोर्ट से भी कुछ साबित नही होगा।

अर्थक : फिर भी मुझे टेंशन हो रही है, अगर किसी को कुछ पता चल गया तो?

मृदुल : ऐसा कुछ नही होगा, तू ज्यादा टेंशन मत लें। लेकिन अगर तू इस तरह से परेशान रहा, तो तेरे पापा को तुझ पर शक जरूर हो जाएगा।

अर्थक को समझाने के बाद मृदुल कमरे से बाहर आ गया। लेकिन दरवाजे पर ही उसे सिन्हा साहब मिल गए, तो वो थोड़ा घबरा गया। लेकिन सिन्हा साहब ने उससे कोई सवाल नही किया, तो वो चुप-चाप वहां से निकल गया। मृदुल के जाने के बाद सिन्हा साहब अर्थक के कमरे में गए। दोनों में थोड़ी बात-चित हुई। और उस वक़्त अर्थक के हाव-भाव देखकर ही उन्हें अर्थक पर पहली बार शक हुआ था।

और इसी का पता लगाने कि, आखिर सच क्या है? वो दुआ से मिलने के बाद (जब वो सम्भीता के घर रात में गए थे, उसके बाद) मृदुल के पास गए। और उससे कहा कि "मुझे सब पता चल गया है, कि उस रात क्या हुआ था। अर्थक ने मुझे सब कुछ बता दिया है। तो बेहतर यही होगा, कि तुम भी अब मुझे सारा सच बता दो.." और डर के मारे मृदुल भी क्या करता, उसने सारा सच सिन्हा साहब को बता दिया।)

"क्या हुआ सिन्हा साहब, कहा खो गए?"

Interviewer की आवाज से सिन्हा साहब का ध्यान टूटा और वे बोले, "वकील हूं, सच का पता लगा ही लेता हूं।"

Interviewer : पर इस बार तो बात आपके बेटे की थी। ऐसा तो नही था, कि आपने हमेशा ही सच का साथ दिया हो, तो फिर इस बार आपने ऐसा क्यों किया?

सिन्हा साहब : सही कहा आपने, मैं भी बाकी वकीलों की तरह ही हूं, जिसने अपने फायदें के हिसाब से कभी सच का साथ दिया, तो कभी झूठ का.. और इस बार भी वैसा ही करने वाला था, जो सच था उसे झूठा साबित करके अपने बेटे को बचाने वाला था। क्योंकि एक वकील से पहले, हूं तो उसका बाप ही मैं.. जब मुझे पता चला कि, अर्थक ही दुआ का गुनहगार है; तब मैंने भी ये सोच लिया था, कि मैं अपने बेटे को ही बचाऊंगा, उसे बेगुनाह साबित करूँगा।

"तो फिर आपने अपना फैसला क्यूँ बदला, ऐसी क्या वजह थी?" *Interviewer* के इस सवाल पर सिन्हा साहब ने अपनी नज़रें किचन की ओर घुमा ली और अपनी पत्नी धरा को देखने लगे।

और थोड़ी खामोशी के बाद जवाब दिया, "अगर उस वक़्त मैं एक बेटे का बाप था, तो एक बेटी का भी बाप था। बेटे को बचाने के लिए रात भर काम किया और वो सारे इंतज़ाम कर दिए थे मैंने, जिससे अर्थक का अपराध सामने ही ना आता। पर जब कोर्ट में जज साहब अपना फैसला सुनाने वाले थे, तो मेरी नज़र दुआ पर पड़ी, वो अपना सिर झुकाए चुप-चाप बैठी थी। और फिर वहीं उससे थोड़ी दूर मिशा पर मेरी नज़रें रुकी; और जब दोबारा दुआ को देखा तो, तो उस पल वो मुझे दुआ नही लगी, बल्कि ऐसा लगा जैसे मेरी मिशा हो.. मिशा का ख्याल आते ही मेरा सीना दर्द से कांप उठा.. ये सोचकर ही कि, अगर दुआ की जगह मेरी मिशा होती तो..." कहते हुए वो रुक गए। और उसके बाद Interviewer *को भी दूसरा सवाल पूछने की जरूरत नही पड़ी।*

फिर एक गहरी सांस छोड़कर सिन्हा साहब ने अपनी बात जारी रखी, "बस इतना कहना चाहता हूं, कि अपराध की शुरुआत घर से ही होती है। गलती छोटी हो या बड़ी, अगर माँ-बाप गलती छिपाएंगे तो बच्चे सुधरेंगे नही, बल्कि उन्हें और बड़ी गलती करने का बढ़ावा और हिम्मत मिलेगी। मानता हूं कि बच्चों को हर परेशानी से बचाना पेरेंट्स का फर्ज होता है। और अपने बच्चों को बचाने के लिए मां-बाप कुछ भी कर सकते है; सच-झूठ देखे बिना, किसी भी हद तक जा सकते है।"

"अच्छे कामों में तो मां-बाप हमेशा अपने बच्चों का साथ देते है। और उनके बुरे कामों को हम ज्यादातर नजरअंदाज या छिपाने की कोशिश करते है। और यहीं आगे जाकर उनके अपराध की वजह बन जाती है। अगर मैं अर्थक का साथ देता, उसके गुनाहों को छिपाता; तो क्या पता, आगे जाकर वो इससे भी बड़ा अपराध कर बैठता? और एक वक्त ऐसा आता, कि वो इस हद तक गुनाह कर बैठता, कि उसे अच्छाई और बुराई में फर्क ही समझ ना आता.. पर उसे उसके गुनाह का आईना दिखाने से, उसे अपनी गलती का एहसास हुआ; और अब सुरधने के लिए वो कुछ भी करेगा।"

और अंत में उन्होंने थोड़ा गंभीर होकर कहा, "ये बात समझने में मुझे भी वक़्त लगा। पर याद रखिए, कि अगर अपराध आपके बच्चे से हुई है, तो जिसके साथ अपराध हुआ है, वो भी किसी का बच्चा ही है। मानता हूं,

अपने बच्चों के अपराध को सबके सामने लाना बहुत मुश्किल का काम है। लेकिन शुरुआत आपको ही करनी पड़ेगी, 'पहला कदम' आपको ही उठाना पड़ेगा, तभी उन्हें उनकी गलती का एहसास होगा।"

इंटरव्यू खत्म होने के बाद सिन्हा साहब धरा के पास गए। और उसका हाथ अपने हाथों में लेकर बोले, "अपने इस जीवन में मैंने अच्छाई के साथ बहुत बुरे काम भी किये है। लेकिन अर्थक को बचाकर जो गुनाह मैं करने वाला था, उस पाप से बचाकर तुमने मुझे मेरी बेटी की नज़रों में गिरने से बचा लिया धरा!"

"नही, नही आप ऐसा क्यों कह रहे है। एक मां के साथ आपकी पत्नी भी हूं। और बच्चों के साथ आपको भी सही रास्ता दिखाना मेरा कर्तव्य है। बस अफसोस इस बात का है कि अर्थक को मैं..." कहते हुए धरा रो पड़ी।

"सिर्फ तुम्हारी गलती नही है धरा, मेरी भी थी।" सिन्हा साहब ने उसे सहारा दिया। लेकिन उनकी आंखें भी नम हो गयी, जिसे छिपाते हुए वो वहां से चले गए।

(उस रात मृदुल से अर्थक का सारा सच जानने के बाद,

सिन्हा साहब गुस्से से तिलमिलाते हुए अपने घर आये थे। और आते ही अर्थक के गाल पर एक जोर का चाटा जड़ दिया था उन्होंने।

"तेरी वजह से मेरी बरसों की कमाई हुई इज्जत और नाम यूं मिट्टी में मिलने वाली है..." कहते हुए उन्होंने एक और थप्पड़ उसके गाल पर जड़ दिया। और उसे मारने और धरा को कोसों सुनाने के बाद, वो अपने काम में जुट गए।

मृदुल से बात करके उन्होंने पहले ही पेंटहाउस के वॉचमैन को पैसे देकर, अपना मुंह बंद रखने को कह दिया था। और इस तरह से उन्होंने सारे सबूत भी मिटा दिए थे, जिससे अर्थक और मृदुल पर किसी भी तरह का शक होता। काम करते हुए रात से सुबह हो गयी थी, लेकिन फिर भी सिन्हा साहब के माथे पर परेशानी की लकीरें साफ दिखाई पड़ रही थी।

धरा उनके लिए चाय का कप लेकर आयी और बोली, "तो क्या फैसला किया है आपने?"

"तुम जानती हो धरा, कि मेरा फैसला क्या है। अर्थक मेरा बेटा है। मानता हूं कि उसने गलती की है, मगर है तो वो मेरा बेटा ही.. अगर समाज में ये बात फैली तो क्या नाम रह जायेगा मेरा? मैं एक रेपिस्ट का बाप कहलाऊँगा और तुम उसकी माँ.. जिंदगी भर हमें लोगों के ताने सुनने पड़ेंगे!" सिन्हा साहब ने अपना सिर पकड़कर कहा।

"अगर सच सबके सामने नही आया, तो यही सब उस लड़की के साथ होगा.." धरा धीमी आवाज में बोली।

"तो तुम क्या चाहती हो, कि मैं अपने बेटे को सलाखों के पीछे जिंदगी भर सड़ने दूँ.." सिन्हा साहब ने गुस्से से कहा, तो धरा चुप हो गयी।

"तुम ये सब मुझ पर छोड़ो, मैं अच्छी तरह से जानता हूं कि मुझे क्या करना है। तुम जाकर अपना काम करो.. अगर आज अपने बेटे पर थोड़ा ध्यान दिया होता, तो वो ऐसा कुछ नही करता।" सिन्हा साहब ने उसे घूरते हुए बड़े तीखे स्वर में कहा। तो धरा का दिल भर आया। वो वहां से जाने लगी, लेकिन अचानक से उसे दुआ का चेहरा याद आ गया। और जब उसने अपनी आंखें बंद की, तो उसे मिशा का चेहरा दिखने लगा।

वो रुकी और एक गहरी सांस भरकर खुद से बोली, "आज नही, तो फिर कभी नही!" और वो वापस सिन्हा साहब के सामने खड़ी हो गयी।

"अगर दुआ की जगह हमारी बेटी मिशा..." लेकिन धरा आगे कुछ और कहती उससे पहले ही सिन्हा साहब का हाथ उस पर उठ गया।

"मिशा की मां तो तुम, उसके बारे में ऐसा कह भी कैसे सकती हो!" सिन्हा साहब उसे हैरानी से देख रहे थे।

"दुआ भी किसी की बेटी ही होगी!" इतना कहकर धरा जाने लगी। फिर अचानक से रुकी और सिन्हा साहब की आंखों में आंखें डालकर बोली, "और रही बात अर्थक की मां होने की, तो आप भी उसके पिता है।")

•••

(2 महीने बाद)

दुआ की जिंदगी अब फिर से नार्मल होने लगी थी। पर अभी भी वो अपने साथ हुए हादसे को भूल नही पायी थी। उसने NGO भी वापस जॉइन कर किया था और अब वो सम्भीता के घर ही किराए पर रहती थी।

शाम का वक़्त था, सम्भीता ने आंगन में कुछ पौधें लगा रखे थे; और उन्हें पानी देना अब दुआ की आदत बन गयी थी। हमेशा की तरह वो आज भी पौधों को पानी दें रही थी, कि सम्भीता दौड़ते हुए उसके पास आयी।

और बोली, "न्यूज़ वाले तुम्हारा इंटरव्यू लेने फिर से आ गए।"

"मैंने कितनी बार कहा है उनसे, कि मुझे कोई इंटरव्यू नही देना उन्हें, फिर वो क्यूँ बार-बार आ जाते है!" दुआ ने झुंझलाकर कहा।

तो अपनी कमर में हाथ रखकर सम्भीता उसे घूरते हुए बोली, "जब तक तुम उन्हें इंटरव्यू नही दोगी, वो लोग आते ही रहेंगे, इसलिए आज interview देकर ये किस्सा खत्म करो दुआ!

"पर..."

दुआ ने मना करने की कोशिश की। पर उसे समझाते हुए सम्भीता बोली, "दुआ, मुझे पता है कि तुम इस इंटरव्यू से क्यों भाग रही हो.. पर तुम इस तरह से हमेशा के लिए नही भाग सकती। तुम अपने अतीत में हमेशा के लिए नही रह सकती.. तुम्हारे सामने, तुम्हारी पूरी जिंदगी पड़ी है, तुम्हें खुद के लिए 'पहला कदम' उठाना पड़ेगा।"

"ठीक है!" दुआ के हामी भरते ही सम्भीता मुस्कुराते हुए वहां से चली गयी। और थोड़ी देर बाद इंटरव्यू भी शुरू हो गया।

"तो मिस दुआ अंत में आप क्या कहना चाहती है?" रिपोर्टर ने अपना आखिरी सवाल किया।

इसका जवाब दुआ ने थोड़ा सोचकर दिया, "अगर हम किसी की इजाजत के बिना, किसी का महज रुमाल ही ले लेते है, तो उसे बुरा लग जाता है। तो ज़रा सोचिए, कि बिना इजाजत के किसी लड़की की इज्जत पर हाथ डालने से उस लड़की पर क्या बीतती होगी.. आज कल रेप एक आम बात हो गयी है। लड़कियों की इज्जत से खिलवाड़ करना, मार्केट में सब्जी लेने जाने से भी ज्यादा आसान हो गया है। मेरा आपसे और जो मुझे सुन रहे है, उनसे एक ही सवाल है; कि क्या लड़कियों की इज्जत बस इतनी सी रह गयी है, कि कोई भी आया और लूट कर चला गया?" और उसके इस सवाल से रिपोर्टर भी सोच में पड़ गए।

"किसी लड़की का जब बलात्कार होता है, तो उसके साथ उसकी हत्या भी की जाती है। और वो सिर्फ एक बार नही मरती, बल्कि हर रोज

मरती है। ज़रा सोचिए उस वक़्त उस लड़की पर क्या बीतती होगी और उसका मन क्या करने को करता होगा? और उसके गुनहगार को क्या सजा मिलनी चाहिए? क्या महज 13 साल, 20 साल, 30 साल की सज़ा से उस लड़की की इज्जत वापस आ जायेगी? क्या उसका खोया हुआ आत्मसम्मान वापस आ जायेगा? क्या वो सब भूल जाएगी, जो उसके साथ हुआ?" कहते हुए दुआ की आंखें भर आयी। उसके अंदर जो सवाल थे, उसे वो आज दुनिया के सामने ला रही थी। और ये सिर्फ उसके सवाल नही थे, बल्कि उसका दर्द था।

फिर एक लंबी सांस भरकर उसने आगे कहा, "जिनके साथ ये अपराध होता है, उनका दर्द मुझे अच्छी तरह से पता है। और ये भी जानती हूं, कि जिंदगी भर उन्हें किन-किन दिक्कतों का सामना करना पड़ेगा। इसलिए उन सबसे यही कहना चाहती हूं कि, चाहे दुनिया कुछ भी कहे, कि 'तुम characterless *हो', तुमने ही उसे पहले सिग्नल दिया होगा, तुमने छोटे कपड़े पहने थे इसलिए तुम्हारे साथ ऐसा हुआ.. कोई तुम्हारे साथ खड़ा हो या ना हो; कोई तुम्हारा साथ दें या ना दें; कोई तुम पर यकीन करें या ना करे; एक बात हमेशा याद रखना, कि तुम्हारा साथ तुम्हारे अलावा और कोई नही दें सकता है। लड़ाई चाहे बड़ी हो या छोटी, तुम्हें वो अकेली ही लड़नी पड़ेगी। इसलिए खुद पर विश्वास रखना, अपनी हिम्मत खुद बनना.. अगर कुछ गलत नही किया है, तो आत्मविश्वास के साथ अपनी आवाज दुनिया के सामने लाना, चाहे दुनिया कुछ भी कहें।" कहते हुए उसकी आंखों में एक अलग ही चमक थी। और उसकी हिम्मत भरी बातें सुनकर रिपोर्टर और सम्भीता भी मुस्कुरा उठे।*

"जो गलत है, वो गलत है। अपनी आवाज को दबाना मत और खुद का सराहा और हौसला बनकर 'पहला कदम' जरूर उठाना! क्योंकि सिर्फ 'पहला कदम' लेने की ही तो देरी है।" होंठो पर छोटी सी मुस्कान लिए दुआ ने कहा। और इसी के साथ कैमरा भी बंद हो गया।

समाप्त

निवेदन

"यह कहानी सिर्फ दुआ की नही, बल्कि हमारे देश में घटित हजारों-लाखों लड़कियों की कहानी है; जो इस दर्दनाक हादसे से गुजरती है।

सम्भीता के साथ और सिन्हा साहब की मदद से दुआ को तो इंसाफ मिल गया। पर ऐसा हर लड़की के साथ नही होता।

क्या ये दुनिया सम्भीता की तरह, दुनिया की हर एक दुआ का साथ नही दे सकती?

क्या सिन्हा साहब की तरह हम अपनी सोच बदल नही सकते?

यह कहानी सिर्फ कहानी नही, बल्कि दुनिया की सच्चाई दर्शाती है। और इसी सच्चाई और दुनिया के नज़रियें में बदलाव लाने के लिए, "पहला कदम" मेरी एक छोटी सी कोशिश है।"

www.ingramcontent.com/pod-product-compliance
Lightning Source LLC
LaVergne TN
LVHW041639070526
838199LV00052B/3452
* 9 7 9 8 8 8 8 1 5 8 4 2 5 *